PEDRO VIEIRA E MIKAELA ÖVÉN

VOCÊ É BRILHANTE!

HISTÓRIAS INSPIRADORAS PARA AUMENTAR A AUTOESTIMA, A CORAGEM E A CONFIANÇA

Ciranda Cultural

Esta é uma publicação Ciranda Cultural
© 2025 Ciranda Cultural Editora e Distribuidora Ltda.

Título original: *Tu és brilhante*
© 2023, Mikaela Övén e Pedro Vieira e
Porto Editora, S.A.
Autoria: Mikaela Övén e Pedro Vieira

Editora
Michele de Souza Barbosa

Preparação
Eliel Cunha

Revisão
Fernanda R. Braga Simon

Produção editorial
Ciranda Cultural

Diagramação
Linea Editora

Design
André Cardoso

Ilustrações
Bruno Gaspar

Dados Internacionais de Catalogação na Publicação (CIP) de acordo com ISBD

O96v	Ovén, Mikaela
	Você é brilhante / Mikaela Ovén ; Pedro Vieira. - Jandira, SP : Ciranda Cultural, 2025. 128 p. : il.; 15,50cm x 22,60cm.
	Título original: Tu és brilhante ISBN: 978-65-261-2135-1
	1. Literatura juvenil. 2. Contos. 3. Medo. 4. Crescimento. 5. Coragem. 6. Autoestima. I. Vieira, Pedro. II. Título.
2024-2387	CDD 028.5 CDU 82-93

Elaborada por Lucio Feitosa - CRB-8/8803

Índice para catálogo sistemático:
1. Literatura juvenil 028.5
2. Literatura juvenil 82-93

1ª edição em 2025
www.cirandacultural.com.br
Todos os direitos reservados.
Nenhuma parte desta publicação pode ser reproduzida, arquivada em sistema de busca ou transmitida por qualquer meio, seja ele eletrônico, fotocópia, gravação ou outros, sem prévia autorização do detentor dos direitos, e não pode circular encadernada ou encapada de maneira distinta daquela em que foi publicada, ou sem que as mesmas condições sejam impostas aos compradores subsequentes.

SUMÁRIO

Introdução 5

Mariana, a menina que sabia fazer mágica 9
Tiago, o menino que tinha medo do escuro 17
Noah, o menino que queria marcar um gol 25
Carolina, a menina que fez um bolo torto 31
Imani, a menina que não queria ser magra 39
Pedro, o menino que se sentia culpado 47
Maria, a menina que não sabia contar histórias 55
Igor, o menino que era ridicularizado por todos 63
Anna, a menina que tinha muito azar 71
Francisco, o menino que não gostava de tomar banho 79
João, o menino que só queria jogar 85
Olívia, a menina que não conseguia surfar 93

Notas para pais e educadores 101

INTRODUÇÃO

Frequentemente, os adultos que se interessam por desenvolvimento pessoal e entram em contato com as disciplinas que ensinamos há mais de quinze anos ganham consciência de como seria bom terem sido expostos a esses mesmos conteúdos mais cedo. O que faz surgir a questão, principalmente, para pais e educadores: "Que livros recomendar para crianças?".

Claro que existem livros e filmes infantis que contêm muitas mensagens de desenvolvimento pessoal, só que estas nem sempre são completamente alinhadas com os princípios mais modernos da parentalidade consciente ou adequadas do ponto de vista de quem quer promover uma aprendizagem de conceitos e ideias que possam ser úteis, saudáveis e sustentáveis.

A dificuldade em encontrar esse tipo de conteúdo tornou-se óbvia, para nós, quando começamos a ler histórias de embalar nossos filhos. Muitas vezes íamos alterando aquilo que líamos para tornar as histórias mais conscientes e até mais interessantes para as crianças! Pedro começou a inventar histórias de raiz, propondo que nossos filhos as ouvissem atentamente depois de apagada a luz do quarto. Quase sempre essas histórias começavam por "havia um menino que" ou "era uma vez uma menina que", e as narrativas fluíam livremente, sem um destino predeterminado, mas com uma intenção forte de passar certas mensagens e estruturas de pensamento.

O mais interessante dessa experiência foi o fato de nossos filhos, depois de ouvirem cada uma das histórias, no dia seguinte fazerem comentários que revelavam que ficaram pensando no assunto. Foi assim que nasceu a ideia de disponibilizar essas histórias às pessoas que tanto nos pediam livros para crianças!

Ao longo deste livro há doze contos que, com o emprego de conceitos muito importantes de desenvolvimento pessoal, recorrem aos nossos conhecimentos de neuroestratégia, *coaching*, *mindfulness* e parentalidade consciente. Além disso, mantêm coerência com propostas das áreas da comunicação não violenta, da hipnose e outras disciplinas que estudamos e praticamos regularmente nas nossas abordagens. O trabalho de Mia foi determinante para garantir que as histórias, os seus personagens e as interações estejam em consonância com os valores fundamentais da parentalidade consciente. As histórias são apresentadas de uma forma que faça sentido para quem ouve, assim como para quem lê.

Escolhemos histórias sobre alguns dos desafios mais importantes e difíceis de ultrapassar com que as crianças têm de lidar: o medo de não ser suficiente, a ansiedade, a falta de confiança, a dificuldade em lidar com sua aparência e o julgamento dos outros, o ser ridicularizado, o receio da mudança e outros problemas. No fundo, os mesmos desafios com que lidamos na vida adulta, claro. Em todas as histórias surge a relação como uma parte fundamental da solução, ideia que queremos muito reforçar!

Este é um livro multinível, que contém três camadas fundamentais: as histórias para crianças, as mensagens subjacentes às histórias e as mensagens para o leitor. É que a nossa intenção não é apenas gerar entretenimento e aprendizagem para os mais novos. É também criar impacto e desenvolvimento nos adultos que leem as histórias, ou não seriam estes o público fundamental da parentalidade consciente. Em quase todas as histórias existe um adulto (pai ou mãe, um familiar, um professor, um irmão mais velho) que auxilia a criança a ganhar uma nova perspectiva, a regular-se emocionalmente, a lidar melhor consigo, a valorizar-se tal como é, a amar-se, a compreender melhor as relações e a experiência humana. Esse é, na interação com as crianças, o papel fundamental dos adultos que queremos continuamente promover, assim como a razão mais forte para que este livro possa estar agora nas suas mãos.

Aprendemos melhor por meio de narrativas e metáforas, principalmente quando conseguimos nos identificar com os personagens principais. É que suas histórias nos fazem lembrar de nossas próprias histórias. Nosso inconsciente tem grande capacidade de captar estruturas nas narrativas e de utilizá-las mais tarde em situações semelhantes. Daí a importância de partilharmos boas histórias do ponto de vista de desenvolvimento pessoal, principalmente quando muitas das que chegam até nós (nos filmes, nas séries, nas redes sociais ou vividas diretamente na família e na escola) não têm nenhuma intenção de promover uma aprendizagem positiva, podendo até ser fonte de exemplos e de estruturas pouco saudáveis.

Os personagens deste livro são crianças que querem ser vistas e reconhecidas, que têm necessidade de bem-estar, que estão aprendendo a orientar-se num mundo misterioso. Querem ser aceitas, amadas e boas pessoas. Que este livro possa ajudar, com a preciosa colaboração do leitor adulto, a criar condições mentais e emocionais para que sejam felizes!

Mia e Pedro

MARIANA

A MENINA QUE SABIA FAZER MÁGICA

Era maravilhoso ver Mariana fazer mágica. Ela adivinhava cartas, fazia desaparecer moedas e até conseguia retirar, inesperadamente, um coelho de pelúcia de dentro da sua cartola. O melhor de tudo era a cara concentrada com que fazia os truques e o doce sorriso que deixava escapar quando os espectadores – familiares e amigos – se mostravam surpresos.

Quando chegava em casa da escola, corria logo para o quarto, fazia os trabalhos de casa e depois, durante horas, dedicava-se a treinar novos truques. Assistia a vídeos na internet, lia e relia alguns livros que o pai lhe tinha oferecido e praticava muito em frente ao espelho. Estava cada vez melhor, e aos poucos ia conseguindo fazer truques mais complicados. Às vezes, andava muitos dias às voltas com um único truque mais difícil até conseguir dominá-lo. As mãos eram muito pequenas para ocultar moedas, por exemplo, então arranjava outras soluções para conseguir produzir o mesmo efeito. Não era raro, no meio do jantar, perdida em seus pensamentos sobre os truques que andava praticando, dar um salto e correr para o quarto para testar uma nova solução.

No início os pais se aborreciam um pouco por ela passar tanto tempo fechada no quarto, sozinha, às voltas com os truques. Só que rapidamente perceberam que ela adorava aquele passatempo, que aprendia muito ao fazê-lo e que isso até a ajudava a ficar mais concentrada na escola – afinal de contas, a concentração é muito importante para um mágico, como ela lhes dizia.

Na escola, mais e mais colegas da menina iam descobrindo a sua habilidade, e nos intervalos pediam-lhe muitas vezes que fizesse alguns truques. Ela se deliciava fazendo aparecer moeda atrás da orelha dos colegas ou fazendo desaparecer um pedaço de fruta, ou até adivinhando o número em que estavam pensando. Os colegas ficavam muito impressionados e batiam palmas. Mariana não ficava muito entusiasmada com isso, pois sabia que as palmas não eram propriamente para ela, mas, sim, para aquilo que conseguia fazer. Ora, como sua mãe tantas vezes lhe havia dito, o valor dela não dependia daquilo que conseguia fazer, mas do que ela era bem dentro de si. Claro que ficava contente quando o truque corria bem, mas não fazia a sua alegria depender disso. Aliás, quando um truque não corria tão bem, não ficava triste. Simplesmente ria e dizia que tinha de treinar um pouco mais aquela rotina.

Depressa a fama de Mariana chegou até o diretor da escola. Um dia, encontrou-a num intervalo e disse que tinha um desafio. Propôs-lhe uma atuação na festa da escola. De repente, a menina ficou muito nervosa. Uma coisa era atuar para os familiares em casa ou para os colegas no recreio. Outra coisa era estar perante a escola toda, incluindo os pais, no auditório. Todo mundo estaria prestando muita atenção a ela, e teria de conseguir acertar todos os truques. Disse ao diretor que tinha de pensar um pouco e falar com os pais antes de aceitar. Combinaram que ela daria uma resposta depois do fim de semana que se aproximava. Mal entrou no carro da mãe, que tinha ido buscá-la na escola, contou tudo sobre o convite e sobre o nervosismo que estava sentindo. Falou muito rápido, enquanto a mãe ouvia em silêncio. Quando terminou, perguntou à mãe o que ela achava que devia fazer. A mãe sorriu-lhe pelo retrovisor, ficou mais alguns segundos em silêncio e depois fez-lhe também uma pergunta:

– Qual é a pior coisa que pode acontecer nesse espetáculo, filha?

– Bem, acho que o pior é errar os truques e as pessoas acharem que não sou uma boa mágica!

– Imagina que é mesmo isso que vai acontecer? E então? O que fará depois?

– Acho que vou ficar triste e treinar ainda mais para aprender a fazer os truques cada vez melhor.

– Muito bem, está vendo? Não seria nada de extraordinário. Só mais uma experiência com a qual, certamente, iria aprender bastante. O que pode fazer para usar já essa aprendizagem?

– Acho que posso treinar mais os truques que quero fazer, assim estarei mais à vontade no dia do espetáculo. E também estou entendendo o que quer dizer. Mesmo que corra mal, não significa grande coisa para mim, apenas que não consegui fazer uns truques. E isso me deixa ainda mais confortável para os fazer mesmo bem. Quando chegarmos em casa, vou treinar mais um pouco, faço-os para vocês e depois decido. Acho que vai correr bem, mamãe!

✴ ✴ ✴
PARA REFLETIR

- Como acha que vai correr a apresentação de Mariana na escola? Se alguns truques não correrem tão bem, como acha que ela se vai sentir?

- Há coisas que você tem receio de fazer na frente das pessoas por medo de não conseguir? E, quando não consegue, o que acha que acontece?

- Acha que seus pais ou alguém que você conhece bem tem receio também de fazer algo? O que acha que aconteceria se essa pessoa adquirisse coragem para o fazer?

- O que acha que é mais importante: aquilo que fazemos ou aquilo que somos bem no fundo do coração?

- O que você faria se não tivesse medo de falhar?

TIAGO

O MENINO QUE TINHA MEDO DO ESCURO

— Papai, deixe a luz acesa, por favor, sabe que tenho muito medo do escuro!

Como sempre, Tiago ficou mais tranquilo quando o pai acendeu a luz de presença no quarto. Assim ficava bem melhor, pois não gostava nem um pouco do escuro. Aliás, mais do que isso: tinha medo! Várias pessoas já lhe haviam dito que tinha de enfrentar o medo, mas achava isso uma tolice. Se tinha medo, por que é que precisava enfrentá-lo? Isso seria assustador, claro!

Na maior parte das vezes, lidar com aquele medo era muito fácil, bastava manter a luz acesa. Durante o dia, então, não havia nenhum problema. À noite ficava mais desconfortável, e, assim que começava a escurecer, começava a evitar as áreas menos iluminadas da casa. No fundo, aquilo não era realmente um problema, pois encontrava sempre uma solução simples: acendia a luz e pronto!

Até que, uma noite, teve um sonho daqueles, mau mesmo: sonhou que estava num hotel, de férias com os pais e os irmãos, e de repente a luz se apagou e ficou tudo às escuras. Não conseguia ver nada, e ainda por cima estava num lugar que não conhecia bem. Sentiu muito medo, embora tudo não passasse de um sonho. Acordou e chamou imediatamente o pai.

– Pai, tive um sonho muito mau, estava tudo às escuras e senti muito, muito medo. Ainda bem que você tinha deixado a luz de presença ligada, porque quando acordei estava bastante assustado!

O pai o tranquilizou, arrumou o lençol e as cobertas e despediu-se com um sorriso, desejando-lhe que o resto da noite fosse tranquilo. Quando voltou para o seu quarto, sentiu que talvez fosse importante ajudar Tiago a lidar com aquele medo, só que não sabia muito bem como. Decidiu que iria pedir ajuda à filha mais velha, que era uma espécie de ídolo para Tiago, que procurava copiar tudo o que a irmã fazia. E ela era completamente descontraída em relação ao escuro; certamente, juntos encontrariam uma solução!

No dia seguinte, que nasceu cheio de sol, enquanto Tiago brincava no quarto, o pai falou com a filha:

– Preciso da sua ajuda. Seu irmão tem cada vez mais medo do escuro, e já não sei o que fazer. Inicialmente não liguei muito, só que agora ele até tem pesadelos. Você tem alguma boa ideia para o ajudar?

– Não tenho nenhuma ideia no momento. Deixe-me falar com ele hoje à noite. Vou pedir para lhe contar uma história e logo vejo se me ocorre alguma coisa, pai. Deixe comigo!

Você é brilhante!

Ela gostava muito do irmão e era muito criativa e esperta, por isso o pai sentiu confiança na capacidade que a filha teria para encontrar uma solução. Tiago prestava imensa atenção a tudo o que a irmã lhe ensinava. Talvez ela conseguisse mesmo ajudar o irmãozinho a libertar-se daquele medo.

À noite, como combinado, deitou-se na cama do irmão para lhe contar uma história. Escolheu uma bem maluca, sobre um menino que tinha medo de pimentão. Riram muito juntos. Quando fechou o livro de histórias, sentiu que o irmão estava um pouco ansioso.

– Pode ligar a luz de presença?

– Olha, ando um pouco curiosa sobre esse medo que você tem do escuro!

– Curiosa? Como assim?

– Sim, afinal, você tem medo de quê?

– Do escuro!

– Sim, mas quando você fecha os olhos durante o dia também fica tudo às escuras, não é? E não sente medo!

– Ah, pois é!

– Então, à noite tem medo de quê?

– Não sei bem. Monstros ou coisas assim.

– Monstros, aqui em casa? Já viu algum? Vemos que a casa está sempre muito limpa. Os nossos pais parecem malucos com a limpeza!

– Então, acho que não sei muito bem.

– Deixe-me apagar a luz e ficar aqui ao seu lado para ver se descobrimos do que é que sente medo.

A irmã apagou a luz e ficou ali durante alguns minutos. Foram falando de muitas coisas, sem conseguir descobrir do que que Tiago tinha realmente medo. Acabaram concluindo que, talvez, fosse apenas o hábito de dizer que tinha medo. Afinal de contas, já estavam ali fazia alguns minutos, e corria tudo bem. Tiago sentiu-se muito cansado e acabou adormecendo encostado na irmã.

No dia seguinte, durante o café da manhã, Tiago decidiu fazer uma grande revelação a toda a família:

– Já não tenho medo do escuro. Ontem reparei que estava tão habituado a ter a luz acesa que nem tinha percebido que não há problema em ficar às escuras no quarto. Mas não se preocupem, vou continuar a acender a luz quando precisar ver por onde ando, está bem?

✳ ✳ ✳
PARA REFLETIR

- O que acha que fez Tiago deixar de ter medo?

- De que coisas você tem medo e de quais acha que pode deixar de ter?

- Não acha que seus pais ou alguém que conhece também têm medo de alguma coisa? Como acha que esta história poderia ajudar?

- Será que isso vale só para medo do escuro ou também para outras coisas?

- Ter medo também pode ser bom, não acha? O que ganhamos em ter medo de alguma coisa?

NOAH

O MENINO QUE QUERIA MARCAR UM GOL

O maior sonho de Noah era marcar um gol. Já jogava handebol há quase um ano, mas ainda não tinha conseguido marcar. É verdade que era o mais novo e o menor da equipe, mas isso não lhe tirava a vontade de conseguir marcar, pelo contrário. Via a facilidade com que os colegas mais velhos e experientes marcavam vários gols em cada jogo. E isso o fazia sonhar com o momento em que também ele conseguiria marcar. Só que ainda não conseguira. Nos jogos, raramente lhe passavam a bola, por ser muito pequeno, o que fazia com que tivesse poucas oportunidades. Além disso, a bola era ainda um pouco grande para suas pequenas mãos, e as traves eram bem protegidas pelos goleiros, que defendiam facilmente suas finalizações.

Nada disso lhe parecia tirar a vontade. Pelo menos no início. Mas depois começou a ser um pouco mais difícil. Afinal de contas, o objetivo do jogo era marcar gols, e Noah sabia muito bem disso. Ele também gostava de defender e de passar a bola aos colegas, claro. Só que era com gols que ele realmente sonhava.

O pai ia levá-lo aos treinos e aos jogos e incentivava-o muito a divertir-se e a fazer exercício físico. Quando Noah falava da frustração que sentia por não conseguir marcar, o pai sorria e dizia-lhe que ele havia de marcar muitos gols, desde que se mantivesse focado nesse objetivo e continuasse treinando. Mas a temporada estava quase no fim, e Noah começava a achar que o momento de festejar um gol nunca chegaria. No final de mais um jogo sem marcar, disse ao pai que estava bastante triste.

– Sabe, papai, pensei mesmo que fosse marcar, pois me esforço muito e estou sempre achando que vou conseguir, como você me ensinou. Mas acho que isso não funciona.

– Parece que o dia nunca chega, não é?

– Estou com a sensação de que nunca vai chegar mesmo.

– Espere, vamos pensar nisso juntos outra vez. Afinal, qual é seu objetivo?

– Você sabe, quero marcar gols.

– Quantos já marcou?

– Estou cansado de dizer... Nenhum!

– OK. E o que acha que precisa fazer para conseguir marcar?

– Tenho de conseguir finalizar melhor. E para isso preciso ter mais força.

– E como você vai conseguir ter mais força nas finalizações?

– Acho que tenho de esperar que o meu corpo se desenvolva e fique mais forte. E tenho de continuar treinando, claro.

No final da temporada, haveria um grande torneio, com equipes de todo o país. A equipe de Noah ia participar de vários jogos, e o treinador iria, certamente, deixá-lo jogar um pouco.

Você é brilhante!

Ele estava muito entusiasmado, até porque seria a primeira vez que ia ficar uns dias fora de casa sem os pais. Divertiu-se muito com os colegas, principalmente na hora de dormir, quando se deitavam em colchões dispostos lado a lado e contavam piadas até adormecer.

No último jogo do torneio, a equipe de Noah teve um tiro de sete metros, uma espécie de pênalti, quase no fim da partida. E o treinador mandou Noah cobrar. Ele ficou muito nervoso, pois era uma grande oportunidade. Concentrou-se muito e pensou em qual seria a melhor maneira de fazer a cobrança. O árbitro apitou. O pai de Noah estava na arquibancada, também um pouco nervoso, pois sabia quanto o filho ficaria contente se marcasse. Com certeza toda a equipe faria uma grande festa. Noah finalmente cobrou. Conseguiu enganar o goleiro, mas a bola bateu na trave e não entrou. Noah ficou desiludido e até um pouco triste, claro. No fim do jogo, deu um grande abraço no pai. Queria receber um pouco de conforto.

– Viu como falhei naquela cobrança no fim do jogo, papai?

– Eu vi como enganou bem o goleiro e esteve muito perto de marcar.

– Era uma oportunidade tão boa, devia ter marcado.

– Acho que, se continuar assim, no próximo ano vai marcar muitos gols. Desde que continue a fazer duas coisas. Sabe quais são?

– Acho que sim. Lembrar-me do meu objetivo e treinar muito!

– Isso mesmo! Agora, se quiser, podemos tomar um lanche e você me fala mais sobre como serão esses treinos.

✷ ✷ ✷
PARA REFLETIR

- Você acha que Noah fez bem em continuar treinando?

- Por que alguns resultados são tão difíceis de alcançar?

- Você tem algum objetivo que gostaria de alcançar?

- O que precisa fazer para alcançar esse objetivo?

- Você acha que Noah acabou conseguindo marcar gols?

CAROLINA

A MENINA QUE FEZ UM BOLO TORTO

Carolina bateu com força a porta do quarto, atirou-se na cama e deixou que as lágrimas lhe escorressem pelo rosto. Estava bastante frustrada. Nem queria acreditar que o bolo que havia preparado com tanto cuidado e dedicação, aproveitando o fato de estar na casa do pai, tinha dado errado. Não sabia o que acontecera, só sabia que não estava bom. Não tinha o aspecto perfeito que a menina vira na revista de onde tirara a receita com a ideia de fazer uma grande surpresa à mãe, quando chegasse à casa dela. E sua mãe ia ficar desapontada, pois certamente iria reparar que o bolo não estava direito. Estava meio inclinado, na verdade. Era impossível endireitá-lo, e também não havia tempo para fazer outro. Sua mãe não ia ter o aniversário perfeito, e a culpa era toda dela. Por que é que não conseguia ser perfeita? Ela sabia que se esforçava ao máximo. Estava sempre muito atenta a tudo: à roupa, ao cabelo, à caligrafia, à arrumação do quarto, à forma como falava, às boas maneiras, ao comportamento na escola E, mesmo assim, havia sempre alguma coisa que lhe escapava. Queria muito ser perfeita, mas não conseguia.

Depois de ter chorado durante um bom tempo, começou a sentir-se mais calma, embora muito triste. Ouviu alguém bater à porta. Quase apostava que fosse o pai, pois ele ia sempre confortá-la. Era bom sentir o carinho dele, só que isso não ajudava muito, pois o bolo estava mesmo deformado, e o aniversário, arruinado.

– Posso entrar, filha?

– Sim, pode. Já viu o bolo? Está uma lástima!

– Está frustrada porque o bolo não ficou como imaginava?

– Sim! E triste! Realmente muito triste. Queria que o bolo ficasse perfeito!

– Bom, ficar desiludida não resolve, não é?

– É verdade.

– Bem, a mim parece que está com um sabor delicioso. Além disso é de morango, o sabor favorito da sua mãe.

– Está todo inclinado! Não sei se foi ao tirar do forno ou outra coisa. O que sei é que está deformado e todo mundo vai reparar.

– E isso faz você sentir vergonha porque tem medo do que os outros pensam?

– Sim...

– Sabe o que acho que vão pensar? Que você se esforçou para fazer um bolo para sua mãe no dia do aniversário dela.

– O que é que isso interessa, se o bolo não está perfeito? Sabe como sou, quero as coisas perfeitas, ou então não vale a pena.

– Sei, você é como as jogadoras da minha equipe de basquetebol. Só ficam contentes quando ganham, jogam bem e marcam muitos pontos. Só quando o jogo sai perfeito, portanto.

– E não acha isso correto?

– Mais ou menos. É que dessa forma na maioria das vezes acabam ficando mais desiludidas e tristes do que satisfeitas. Mesmo quando ganham, saem muitas vezes desapontadas. Acho que é por causa do treinador da temporada passada, que ficava o tempo todo enchendo a cabeça delas dizendo que só podiam ficar contentes quando fizessem um jogo perfeito.

– Pois eu concordo com esse treinador. Se ficamos contentes quando não está perfeito, nos tornamos preguiçosos e deixamos de fazer as coisas direito.

– Que bom que estamos tendo esta conversa, filha. Sabe, é que não acredito em nada disso. Tenho na equipe uma menina, mais nova que a maior parte das jogadoras, que só se juntou ao grupo este ano. Tem um jeito muito diferente de lidar com o jogo. Ela me disse que seu objetivo é preparar-se bem, estar atenta e procurar dar sempre o melhor. E que fica feliz quando consegue esse resultado. A verdade é que ela quase sempre fica contente, mesmo quando perdemos. Porque dar o seu melhor é uma coisa que consegue mais ou menos controlar.

– Mas ela fica contente mesmo quando não faz um jogo perfeito?

– Acho que acredita que o que interessa não é o resultado final, mas, sim, a dedicação com que se entrega às coisas. Por exemplo, se ela tivesse feito aquele bolo, provavelmente ficaria contente por ter-se esforçado para fazer algo de que sua mãe gosta, por ter sido corajosa para experimentar uma receita nova e por ter ficado tão entretida fazendo o bolo durante uma boa parte da manhã.

– Sim, mas como iria se sentir quando visse o bolo torto?

– Acho que iria sorrir e pensar que tinha de fazer mais vezes até ficar craque na confecção de bolos. Talvez também se lembrasse de que raramente as coisas saem muito bem na primeira vez e que nem sempre controlamos tudo. E poderia muito bem achar que o mais importante é ter vontade de descobrir o que precisa melhorar e que, na próxima, provavelmente, sairá melhor.

– Hum, será que essa jogadora existe mesmo? Parece que você a inventou só para eu me sentir melhor.

– Ah, ela existe, sim, você até pode conhecê-la quando for assistir a um treino ou a um jogo. Diga-me: o que aconteceria se usasse mais essa forma de lidar com as suas coisas, em vez de ficar tão decidida a fazer tudo perfeito?

– Bem, talvez começaria a me divertir mais e a relaxar. Fico muito tensa e nervosa quando tenho de alcançar algum resultado e não consigo controlar tudo. Talvez pudesse brincar mais sem estar sempre preocupada com a roupa e o cabelo. E até na escola podia me sair melhor, se ficasse satisfeita por ter me preparado bem para as provas e entendido a matéria, em vez de ficar obcecada com as notas. E também podia

simplesmente dar o bolo à mamãe com amor, rir por ele ter ficado meio inclinado e saborear o recheio de morango, que deve estar muito bom.
– E se não estiver?
– Faço melhor na próxima vez!

✶ ✶ ✶
PARA REFLETIR

- Você acha que foi bom Carolina ter deixado de ser tão perfeccionista?

- Que coisas você gosta de fazer mesmo que não deem muito certo?

- Já viu seus pais, um amigo ou alguém que você conhece bem ficar frustrado por não conseguir fazer bem alguma coisa? O que poderia lhes dizer para se sentirem melhor?

- O que podemos fazer quando as coisas não saem da maneira como queremos?

- O que era mais importante na história: o bolo ficar perfeito ou fazer um bolo para a mãe?

IMANI

A MENINA QUE NÃO QUERIA SER MAGRA

Como acontecia todos os dias, Imani era a última a terminar a refeição na cantina da escola. Ficava um tempão olhando para a comida que ainda tinha no prato e, embora sem apetite, se esforçava para comer tudo. Não era obrigada a fazê-lo, nem sequer tinha vontade, só que estava cansada de ouvir dizerem que era magricela e outros nomes parecidos. Desde que se conhecia por gente, sempre fora magra, e nunca pensara muito sobre isso, mas ultimamente parecia que todos implicavam com ela por causa do seu corpo. Em casa, o irmão mais novo fazia o mesmo e lhe chamava por nomes desagradáveis. No recreio, faziam piadas sobre o seu corpo, e até houve um professor que lhe disse que estava na hora de passar a comer mais. Começou a olhar-se mais no espelho, e quanto mais fazia isso, mais percebia que não era bonita assim tão magra. Chegava a chorar e a perguntar-se por que tinha tido o azar de ser assim. Achava que nunca alguém iria gostar dela, e começou até a usar roupas mais largas para não mostrar tanto a sua magreza.

A mãe estava atenta aos sentimentos de Imani e dizia várias vezes ao irmão para parar com aquela conversa. Uma vez, até se zangou com o pai quando ele, num dia em que estava irritado por causa do trabalho, fez também um comentário desagradável acerca da magreza da filha. Imani fechou-se no quarto e ficou vendo séries no celular o dia todo; não falou com mais ninguém. A mãe percebeu que era importante terem uma conversa séria sobre aquele assunto, mas não sabia muito bem como o fazer da melhor maneira.

Num bonito domingo de sol, decidiram ir todos juntos à praia. Mal o pai anunciou que estava na hora de vestir a roupa de banho e pegar as toalhas, a mãe reparou que Imani baixou os olhos, não se mostrando entusiasmada como o irmão, que foi correndo preparar-se para ir à praia. A mãe foi colocar sua roupa de banho e, nesse momento, chamou a filha.

– Imani, venha cá no meu quarto.

– O que foi, mamãe?

– Experimentei agora a roupa de banho e olhe para mim. Estou muito gorda, não posso ir à praia. Não sou bonita.

– Oh, mas você é minha mãe, para mim sempre será bonita. E com essa roupa de banho também, claro.

– Mas não acha que por eu estar mais gorda que no ano passado deixei de ser uma boa mãe?

– Claro que não, que bobagem.

– Não acha que eu seria uma pessoa melhor se fosse mais magra?

– Pessoa melhor? Não estou entendendo...

– Sabe, às vezes confundimos nossa aparência com o que realmente somos. Todos nós somos pessoas muito bonitas, independentemente de sermos magros ou gordos, novos ou velhos. Acho que havia me esquecido disso.

– Você é maravilhosa, mamãe.

– Obrigada, filha. Sabe, acho que concordo com você. Sou mesmo maravilhosa. Tão maravilhosa como quando era mais nova, antes de você nascer. E quando tinha alguns quilos a menos. Não são essas coisas que nos definem, certo?

– Certo, nós somos aquilo que sentimos no coração.

– Então por que é que ficamos tristes quando nos olhamos no espelho ou quando os outros fazem comentários sobre nós?

– No meu caso, nesses momentos não me sinto muito bem. É como se eu fosse menos do que podia ser.

– Ah, mas você acabou de me dizer que sou sempre maravilhosa. Então, e você? Eu também acho que você é sempre maravilhosa.

– Mesmo que seja magra, não é? E se deixasse de ser tão magra não ficaria mais maravilhosa do que já sou, correto? Acho que estava sendo um pouco tola.

– As pessoas, às vezes, invadem um pouco o nosso espaço, fazem comentários mesmo sem ninguém lhes ter perguntado nada. Não percebem que isso pode magoar ou criar dúvidas. Talvez porque elas próprias não se sentem bem consigo. E isso é, muito provavelmente, a única coisa que interessa: nos sentirmos bem do jeito que somos, independentemente da nossa aparência, ou das nossas notas, ou do nosso dinheiro, ou de outra coisa qualquer. Venha cá, tive uma ideia.

    Mãe e filha colocaram-se lado a lado, em frente ao espelho, e repetiram a frase "eu sou maravilhosa" até ficarem com belos sorrisos. E, a partir desse dia, a menina lembrava-se daquela frase sempre que se olhava no espelho ou quando alguém fazia algum comentário a seu respeito. E passou a sorrir muito mais.

PARA REFLETIR

- Você acha que é muito importante a aparência que temos?

- As pessoas costumam dar opiniões a respeito de sua aparência?

- Você tem o hábito de reparar na aparência das pessoas?

- O que podemos pensar sobre nós para nos sentirmos bem?

- O que gostaria de dizer a Imani?

PEDRO

O MENINO QUE SE SENTIA CULPADO

Os pais de Pedro não estavam se dando muito bem. Ele os ouvia discutir quase todas as noites, depois de ele e o irmão mais novo irem para a cama. Mas ele não conseguia adormecer, porque ficava muito nervoso ao imaginar que os pais iam discutir outra vez, o que acabava acontecendo quase sempre. Pedro não entendia muito bem por que os pais falavam daquela forma um com o outro, usavam palavras feias e gritavam com raiva. Não estavam felizes, e ele achava que a culpa era dele. Tentava lembrar-se de como era bom estar em casa antes de os pais terem começado a discutir, mas era cada vez mais difícil.

Quando chegava em casa da escola, procurava portar-se bem, para não irritar os pais, e cuidava do irmão o máximo que podia. Brincava com ele e o entretinha para os pais poderem ficar relaxados. Mas o irmão acabava chorando por fome ou porque estava cansado. Os pais desatavam a discutir sobre quem tinha de cuidar dos filhos e começava tudo outra vez. Pedro não emitia uma palavra sequer e retirava-se para o seu quarto, ou então se oferecia para ajudar com o jantar. Não sabia mais o que fazer e sentia mesmo que a culpa era sua. Devia haver alguma coisa que pudesse fazer para solucionar aquele problema e ajudar os pais a se darem bem outra vez.

Quando chegaram as férias da escola, Pedro foi passar alguns dias na casa dos tios, enquanto o irmão mais novo ficou com os pais. Disseram-lhe que ia ser bom ter umas miniférias na casa dos tios, que ficava numa aldeia, onde podia respirar ar puro e também brincar com os primos e os animais que tinham. Pedro estava contente por ir, até porque gostava muito dos tios e dos primos, mas sentia-se ansioso por não estar por perto quando os pais começassem a discutir. Talvez se zangassem mesmo a sério e decidissem separar-se. Se isso acontecesse, Pedro achava que iria sentir-se ainda mais culpado.

Logo no segundo dia na casa dos tios, ficou triste com um dos primos, que começou a implicar com ele durante uma brincadeira. Não foi nada muito importante, mas Pedro sentiu-se muito sozinho e começou a chorar. O tio foi falar com ele, acalmou-o e convidou-o para um passeio no parque, que ficava na saída da aldeia. Pedro aceitou, pois seu tio era muito tranquilo e o fazia sentir-se seguro. Levaram um dos cães, que corria à frente deles, entusiasmado com a presença de Pedro.

– O cachorro gosta mesmo da sua companhia; veja como ele está feliz.

Você é brilhante!

– Quem me dera que lá em casa também ficassem assim felizes.
– Lá em casa? Como assim? Não estão todos felizes?
– Minha mãe e meu pai estão sempre discutindo.

Pedro sentiu as lágrimas formarem-se. Ficou em silêncio e olhou para o lado, não queria que o tio o visse chorar. A última vez que chorara em casa havia sido depois de a mãe ter começado uma discussão com o pai, acusando-o de ter feito o filho chorar. Acabaram zangados um com o outro e ele sentiu-se muito culpado.

– Estou vendo que está triste. Sabe, não há problema em estar triste. Faz parte da condição de sermos humanos. Também fico triste muitas vezes. O mais importante é falar sobre isso. Se guardarmos a tristeza dentro de nós, ela tende a ficar ainda maior. Pode falar comigo, se quiser. Gosto de saber como você se sente e o que anda pensando.

– É difícil. A culpa é toda minha. Os meus pais estão sempre discutindo porque não consigo ajudá-los a se darem bem. Antes conseguia, mas agora já não.

O tio parou de caminhar, ajoelhou-se diante de Pedro e o abraçou com força. Depois, olhou-o com muito amor e disse-lhe:

– A vida dos adultos, às vezes, é um bocado complicada. Têm muitas coisas para resolver. A casa, o dinheiro, os filhos, o trabalho, os carros. E no meio de tudo isso podem começar a discutir ou a não se dar muito bem. Mas a responsabilidade é toda deles, sabia? Nunca é das crianças. Você não tem nenhuma responsabilidade quanto à maneira como seus pais se relacionam. Isso é entre eles. Eu percebo que você gostaria que se dessem bem. Mas é muito importante que entenda que isso é com eles.

– Mas você e minha tia se dão tão bem! Nunca os ouvi discutir. Isso deve ser porque meus primos são mais fáceis de aturar do que eu e meu irmão.

– Ah, não é bem assim. Eu e sua tia também discutimos às vezes. E nem sempre estamos muito satisfeitos com seus primos; eles são uns pestinhas. Gostamos muito deles, claro. Assim como seus pais gostam de você e do seu irmão. Agora, há uma diferença muito grande, em qualquer família, entre os adultos e as crianças. Os adultos são os responsáveis pela relação que criam entre si e também pela que criam com os filhos.

– Então a culpa não é minha?

– Você é uma criança. Uma criança muito inteligente e que adora a família. E não tem culpa nem responsabilidade. Sei que pode ser difícil ver seus pais discutindo, mas isso é com eles.

– Então a culpa é deles?

– Não é bem uma questão de culpa. Seus pais são boas pessoas. E podem estar com dificuldade no relacionamento, mesmo gostando muito um do outro e também dos filhos. Às vezes você não se zanga com seu irmão?

– Sim, ele ainda não sabe guardar os brinquedos, e há momentos em que começa a gritar. Fico muito irritado. Mas gosto dele mesmo assim.

– Certo. O mesmo acontece com seus pais. Acho que vou aproveitar, quando for levá-lo para casa, depois de amanhã, para conversar um pouco com eles e ver se precisam de ajuda. O mais importante, agora, é você entender que não fez nada de errado, certo?

– Acho que estou me sentindo melhor. Obrigado por me ajudar a entender isso. É mais fácil quando conseguimos falar com alguém.

PARA REFLETIR

- Você acha que o fato de os pais de Pedro discutirem se deve ao comportamento dele ou tem a ver com os próprios pais?

- Você sente culpa por alguma coisa que ocorre na relação dos seus pais?

- Como se sente quando ouve adultos discutindo?

- O que diria a Pedro, se pudesse?

- Você acha que podemos nos zangar com pessoas de quem gostamos e, ainda assim, continuar gostando delas?

MARIA

A MENINA QUE NÃO SABIA CONTAR HISTÓRIAS

Mais uma vez Maria prendeu a respiração, sentiu a tensão aumentar em todo o corpo e ficou com as mãos tremendo. Acontecia-lhe o mesmo sempre que, na escola, era dia de contar histórias. Desde aquela vez em que tinha ficado atrapalhada enquanto contava a aventura que tinha tido com o pai numa viagem de barco num lago, nunca mais conseguira participar. Mal a professora dizia que era dia de contar histórias, lembrava-se logo daquela trapalhada toda e de como os colegas riram quando ela se esqueceu de como acabava a história. Por isso, ficava muito calada, sempre na esperança de não ser chamada. Como a professora perguntava quem é que gostaria de participar primeiro, ela conseguia passar despercebida. Até porque vários meninos da turma adoravam contar histórias, e algumas eram bem compridas. Maria desejava muito ser como eles, sempre tão divertidos e expressivos relatando coisas que tinham vivido ou então usando a imaginação para contar aventuras fantásticas, cheias de pormenores engraçados e personagens mirabolantes!

Tinha a certeza de que nunca mais conseguiria contar uma história; só de pensar nisso ficava outra vez com as mãos tremendo e sentia dificuldade em respirar.

Faltava pouco para chegar a hora de terminar a aula e ainda havia dois meninos pedindo para contar histórias, por isso Maria pôde respirar de alívio e perceber que tinha escapado por mais uma semana. Finalmente, colocou um sorriso no rosto e relaxou o corpo. Agora, pelo menos, podia ouvir com mais atenção e divertir-se um pouco, em vez de ficar sempre lidando com aqueles pensamentos que lhe diziam "você não vai conseguir" e "vai ficar atrapalhada e se esquecer de tudo".

Quando a professora encerrou a aula, Maria deu um salto e preparou-se para guardar os cadernos na mochila. A professora aproximou-se dela e, com uma voz simpática, disse-lhe:

– Na próxima semana, gostaria muito que você fosse a primeira a contar uma história. Faz muito tempo que não participa!

Maria engoliu em seco, assentiu com a cabeça e correu para fora da sala, de forma que ninguém visse que tinha lágrimas nos olhos.

Assim que entrou no carro da mãe, liberou finalmente o choro. A mãe, alarmada, perguntou o que se passava, percebendo rapidamente que Maria não estava em condições de falar. Encostou o carro e aguardou que ela ficasse mais calma. Voltou a perguntar-lhe o que se passava, mas Maria respondeu que não queria falar sobre isso naquele momento.

Você é brilhante!

– Tudo bem. Depois do jantar, ou quando quiser, falamos sobre isso, está bem? Quero saber o que se passa com você, filha!

Maria jantou praticamente em silêncio, com um olhar meio triste e sem conseguir concentrar-se na conversa da família. Só pensava no desastre que seria a sua apresentação na escola. Achou que o melhor mesmo era explicar à professora que não conseguia contar histórias!

Depois do jantar, a mãe chamou-a para se sentar ao seu lado no sofá, aproveitando o fato de os outros terem ido para o andar de cima. Abraçou a filha e ficou ali em silêncio. A menina acabou por tomar a iniciativa:

– Mãe! Aconteceu uma coisa terrível. A professora quer que eu conte uma história para toda a turma. Só que eu não sei. Não consigo. Já tentei uma vez e foi horrível, fiquei atrapalhada, me esqueci de tudo e começaram todos a rir de mim, mãe. Precisa dizer à professora que não sei contar histórias, por favor.

– Você não sabe contar histórias? Hum, isso parece ser importante para você. Explique-me com calma o que aconteceu.

– Bem, todas as semanas temos uma tarde em que contamos histórias uns aos outros. Uma vez decidi contar a história de quando andei com o papai num barco no lago. Lembra, aquela em que o papai caiu na água? Achei que era bem engraçada. Só que, no meio da história, fiquei muito confusa e já não me lembrava bem de como tinha acontecido. Comecei a gaguejar e a turma riu de mim! Fiquei envergonhada e me senti muito mal. Pedi para me sentar e não acabei a história, não consegui.

Desde esse dia, não consigo pensar em histórias para contar e fico muito nervosa só de pensar nisso. Até me falta o ar. E, quando a professora me disse que na semana que vem eu serei a primeira, chorei de tristeza. Foi por isso que entrei chorando no carro!

– Engraçado. Você disse que não sabe contar histórias e acaba de me contar uma emocionante. Falou de sentimentos e de um momento que era para ser engraçado, mas que se tornou dramático. Fiquei bastante atenta e presa ao que estava dizendo. Você tem muito jeito para isso, filha. Por que não conta essa mesma história na semana que vem a seus colegas?

– Ah, é verdade. Tem razão, contei-lhe de fato uma história! E não me atrapalhei nem um pouco. E com certeza não vou me esquecer dos pormenores quando contar aos meus amigos, pois é tudo muito importante para mim. E é possível que eles até percebam que é melhor não rir de quem se atrapalha!

PARA REFLETIR

- O que acha que Maria aprendeu com a conversa que teve com a mãe?

- Há alguma coisa que você considera difícil de fazer e, na realidade, até consegue, assim como Maria?

- O que parece ser mais importante: aquilo que nós achamos ou aquilo que realmente fazemos?

- O que Maria tinha a ganhar ao dizer que não conseguia contar histórias?

- Você já achou que não conseguiria fazer uma coisa e depois acabou conseguindo?

IGOR

O MENINO QUE ERA RIDICULARIZADO POR TODOS

A cada dia que passava a escola ficava pior. Nem tanto por causa dos professores ou das disciplinas, mas sobretudo dos colegas. Se é que Igor podia considerá-los colegas, pois estavam sempre debochando dele. Não sabia muito bem explicar por que tinham decidido implicar com ele, mas era o que sempre acontecia. Ou era por causa da roupa que usava, ou por alguma coisa que dizia, ou por outro motivo qualquer. Às vezes, até zombavam dele sem que tivesse feito nada. Bastava chegar à escola e lá estavam os colegas dando-lhe apelidos ou imitando-o de forma irritante. Até lhe tinham dado alguns empurrões no vestiário, depois de uma aula de Educação Física. E Igor ficava cada vez mais triste, calado e isolado. Já nem queria brincar no intervalo, pois sabia que acabaria sendo ridicularizado.

Seus pais perceberam que ele não estava bem. Fizeram-lhe muitas perguntas sobre a escola, mas ele respondia sempre que estava tudo bem. Não adiantava falar com os pais, pensava Igor.

Eles não iam compreender, iam dizer que ele estava exagerando. Ou então pedir-lhe que se esforçasse para fazer amigos. Ou, o pior de tudo, poderiam ir à escola falar com os colegas dele. Não, eles nunca iriam entender, porque ninguém debochava dos seus pais como debochavam dele. Queria muito falar sobre isso com alguém, mas não tinha amigos. Desejava muito poder desistir da escola e ficar em casa, com o computador e o celular, sem ninguém para o aborrecer.

Finalmente, chegaram as férias. Que alívio, ia poder passar alguns dias longe dos meninos da sua turma. E até ia ter um fim de semana com a família toda, em que ia poder brincar com os primos. Quando se juntavam, era sempre muito divertido. A família era bastante grande, onze no total, incluindo Igor. Havia um primo em especial de quem gostava muito. Era o segundo mais velho e ele já havia ensinado Igor a jogar quase todos os esportes que existem. Igor mal podia esperar para encontrá-lo outra vez.

Quando chegou com os pais à casa dos avós, quase toda a família já estava lá. Mal teve tempo de dizer olá aos tios e aos avós, pois foi logo puxado pelos primos para um jogo de futebol. Logo estavam se divertindo à beça e suando por todos os poros. O dia estava quente, e foi com alegria que fizeram uma pausa para tomar o suco de laranja que o avô lhes ofereceu. Nesse momento, sentindo-se feliz e seguro, Igor decidiu falar com o seu primo favorito sobre o que se passava na escola.

– Estão sempre rindo de mim. Não aguento mais. Se tivesse coragem, deixaria de ir à escola. Mas os meus pais não iriam deixar. Não sei o que fazer. Só quero ficar em casa. E até tive nota baixa na última prova. Por que não podem ser todos como vocês?

– Poxa, parece que a situação é mesmo de desespero... Imagino que você sonha com uma escola e com uns colegas totalmente diferentes.

– Todos os dias!

– Você se sente muito sozinho? E, quando está com a gente, sente-se melhor?

– Muito!

– Nós gostamos de você. E o conhecemos bem! Esses meninos não o conhecem. Além disso, não devem pensar muito nas outras pessoas, caso contrário não tratariam alguém dessa maneira.

– Mas por que é que implicam comigo?

– Não tenho certeza, mas aprendi que, quando não estamos muito bem com a gente, acabamos por descarregar nos outros. Talvez não estejam bem com eles mesmos, ou com os pais, ou com outra coisa qualquer. E debocham de você para tirarem o foco do que sentem...

– Mas são todos eles, entende? Há uns que têm notas ruins, ou apanham dos pais, ou sentem que não são amados por eles. Talvez seja por isso que zombam de mim. Mas e os outros?

– Talvez os outros façam isso só para não ficarem fora do grupo, para não serem diferentes. Às vezes é assustador ser o único a tratar um colega de forma diferente.

– Não aguento mais ir à escola. Vou dizer que estou doente ou outra coisa qualquer.

– Lembra que há pouco estávamos perdendo no jogo de futebol? Quando a nossa prima marcou aqueles dois gols seguidos e parecia que não íamos conseguir virar o jogo? O que é que aconteceu naquele momento?

– Bem, conversamos e mudamos a tática. Você passou a marcá-la mais de perto, e eu ataquei pelo outro lado. E depois conseguimos ganhar!

– E se você fizesse o mesmo na escola? Se visse isso como um jogo em que pudesse mudar de tática?

– Não sei se estou entendendo.

– Pode começar a conversar com cada um dos seus colegas separadamente, por exemplo. Ou pode descobrir do que gostam; com certeza alguns daqueles meninos jogam os mesmos jogos de computador que você. Também pode pedir ajuda a um ou dois deles, dizendo que se sente triste quando o tratam assim e que gostaria que eles fossem mais simpáticos.

– Acha que isso vai funcionar?

– Não sei, mas é parecido com uma mudança tática que fazemos no futebol. Não sabemos se vai funcionar, mas pelo menos estamos fazendo alguma coisa. E agora deixe-me dizer-lhe algo muito importante. Está atento?

– Sim, pode falar.

– Você é um garoto incrível, espetacular mesmo. Se os outros não percebem isso, são eles que perdem. Zombarem de você não diz nada a seu respeito, só sobre eles. Pense bem nisso que eu lhe disse, certo? E fale com seus pais, com calma. E ligue para mim quando precisar desabafar. O mais importante é não se fechar em si mesmo. Promete?

– Sim, vou fazer isso. Falar com você foi bom, já me sinto um pouco melhor. Obrigado!

✷ ✷ ✷
PARA REFLETIR

- Como você acha que Igor estava se sentindo?

- No fim da história, Igor disse que se sentia melhor depois de ter conversado com o primo sobre a situação. Você acha importante falar com as pessoas que gostam de nós sobre os nossos problemas?

- Você sabe se alguém da sua família ou algum amigo seu já foi maltratado? Já aconteceu isso com você?

- O que podemos fazer quando as pessoas começam a zombar de nós?

- O que você acha que aconteceu com Igor depois daquela conversa com o primo?

ANNA

A MENINA QUE TINHA MUITO AZAR

Desde que se lembrava, Anna sempre tinha tido muito azar. Pelo menos, era nisso que acreditava. E dizia isso para todo mundo. Até chamava a si própria "a criança mais azarada do mundo". Não havia brincadeira que para ela não terminasse mal, jogo que não perdesse, contratempo que não lhe acontecesse. E depois se queixava sem parar a todos os que estavam por perto. Queixava-se de tudo, no fundo: das pessoas, da vida e do mundo. Pois acreditava mesmo que estava sempre tudo contra ela, fazendo com que tivesse tanto azar. Cansada de a ouvir queixar-se da má sorte que tinha, a mãe decidiu, um dia, entender o motivo de toda aquela conversa. Enquanto tomavam o café da manhã, disse à filha:

– Quero que preste muita atenção a tudo o que lhe acontecer durante o dia. Como é a criança mais azarada do mundo, com certeza vai lhe acontecer uma porção de coisas más. Quero que me conte em detalhes, antes de ir dormir. Sabe que hoje trabalho até tarde e é o papai que vai lhe dar o jantar. Chego em tempo de lhe contar uma história. Só que esta noite é você que vai me contar o que aconteceu, está bem?

No fim do dia, quando sua mãe chegou em casa, encontrou a filha já deitada na cama, aguardando a sua chegada. Anna estava muito séria, pois tinha feito exatamente como a mãe lhe havia pedido, e queria agora contar em detalhes os acontecimentos do dia. Depois de se abraçarem, a mãe sentou-se na cama, olhou-a com ternura e perguntou-lhe como havia sido o dia. A menina respirou fundo e começou a descrição:

– Foi como eu já esperava, mamãe, azar atrás de azar. Devo mesmo ser a criança mais azarada do mundo. Primeiro, acordei muito tarde e nem consegui tomar o café da manhã direito. Depois, o papai se esqueceu de que ainda tinha de abastecer o carro e acabamos chegando atrasados à escola. Que azar! No intervalo, decidi jogar bola e perdemos com um gol no último lance. Quando voltamos para a sala, quem é que foi chamada para ajudar o professor a organizar as fichas da turma? Eu, claro! Na hora do almoço, a comida da cantina era aquela de que menos gosto. Até parece que fazem de propósito para me estragar o dia. Na parte da tarde foi tudo ainda pior. Francisca não parava de me chatear por eu não passar tanto tempo com ela como antigamente. No caminho para casa, como vim a pé, descobri que havia me esquecido do estojo e tive de voltar à escola. Quando estava quase à porta de casa, um carro passou por uma poça de água e me molhou. Tive de trocar toda a roupa! E ainda por cima o meu celular anda esquisito e não consegui me conectar ao *wi-fi* daqui de casa; assim não pude trocar mensagens com Francisca. Sem dúvida amanhã ela vai me chatear outra vez. E, para cúmulo do azar, hoje foi o único dia da semana em que você não estava aqui para jantar. Que dia azarado!

– Minha querida filha! Sabe o que eu acho? Que não é azarada. É só uma criança normal que aprendeu a olhar para as coisas como se elas significassem azar. Já sei! Vamos fazer um jogo: eu lhe conto o seu dia como se tivesse acontecido comigo, só que faço de conta que tudo é um sinal de sorte. Vamos ver se consigo. Vai ser divertido, não acha? Então ouça…

"Hoje foi um dia de muita sorte, devo ser a criança mais sortuda do mundo. Primeiro, dormi até um pouco mais tarde, foi ótimo, porque assim descansei um pouco mais; acho que o meu corpo estava mesmo precisando. E ainda tive tempo de tomar o café da manhã. A seguir, por sorte, o papai lembrou-se de que não tinha gasolina e foi abastecer o carro, senão poderíamos ficar parados no meio do caminho. Como a escola é perto, só cheguei alguns minutos atrasada. O intervalo foi muito bom, fiz exercício e joguei bola com os meus amigos. Eles jogam mesmo bem, e sempre me convidam para fazer parte do jogo! Perdemos com um gol na última jogada, foi muito emocionante. E já combinamos que na próxima semana vamos para a revanche! Quando voltamos para a sala, tive muita sorte, pois o professor me pediu que o ajudasse a organizar as fichas: fiquei contente, porque isso significa que confia em mim para uma tarefa importante. No almoço, a comida na cantina não era a minha preferida. Ainda bem que é só uma vez por mês que servem aquele prato. E o lanche que o papai me preparou estava ótimo, por isso não me importei de não ter gostado muito do almoço; além disso, a salada estava ótima. Francisca me pediu que passasse mais tempo com ela; é bom ter amigas que querem a nossa companhia, não é? Ah, é verdade, quase me esquecia do estojo. Por sorte ainda deu para voltar à escola e pegá-lo. O caminho de volta para casa me fez muito bem, andar um pouco a pé foi bom depois de tantas horas sentada. Quando estava quase chegando em casa, um carro me molhou toda. Por sorte, estava a dez metros da nossa porta, por isso pude logo mudar de roupa. Como o *wi-fi* não estava funcionando, passei mais tempo com o papai. Preparamos o jantar juntos e ele me falou sobre como anda o trabalho lá na empresa. E agora você está aqui! Que sorte, só chega tarde uma vez por semana. E é bom ter um dia diferente para podermos conversar, as duas, aqui na minha cama."

– Mamãe, acho que acabo de perceber uma ou duas coisas. Acho que lhe conto amanhã. É que agora estou com muito sono e, por sorte, já estou no lugar perfeito para dormir!

PARA REFLETIR

- Afinal, Anna era mesmo azarada ou só achava que era azarada?

- Será que as coisas podem ser más ou boas dependendo de como as vemos?

- Você se lembra de uma coisa ruim que tenha acontecido nos últimos dias? Como essa coisa pode também ser considerada boa?

- Como Anna passou a se sentir quando deixou de pensar que era muito azarada?

- E você: tem azar ou sorte? E como se sente em relação a isso?

FRANCISCO

O MENINO QUE NÃO GOSTAVA DE TOMAR BANHO

Era o momento mais aborrecido do dia: quando o pai o chamava para tomar banho. Não gostava nem um pouco daquela rotina e não conseguia entender por que o pai insistia tanto com ele para que entrasse na banheira e lavasse o corpo e a cabeça. Queria continuar brincando ou vendo televisão. Nem se importava de ir direto para a mesa de jantar. Tudo menos ter de entrar na banheira. A água estava sempre muito quente ou muito fria. E ficava com o corpo todo molhado, claro, disso é que não gostava mesmo. Porque depois tinha de se secar. Não era mais fácil ficar sempre seco? Bastava não entrar na água. Como é que seu pai não conseguia enxergar isso? Às vezes não entendia por que os adultos estavam sempre tornando as coisas mais complicadas e inventando tarefas que só davam trabalho. Até lhe custava acreditar que um dia eles também haviam sido crianças.

Normalmente, Francisco protestava e tentava fugir. O que poderia ser um ritual rápido transformava-se numa luta interminável. Tentava fugir, esconder-se dentro de um armário ou debaixo de uma cama, num lugar qualquer onde não o conseguissem encontrar. E, como brincava muito de esconde-esconde com os amigos, era mesmo bom em esconder-se. Conhecia todos os bons esconderijos da casa. Infelizmente, o pai também era bom naquele jogo e acabava sempre o encontrando. Um dia até saiu de casa e escondeu-se no jardim, agachado atrás das roseiras. Seu pai o procurou por todos os lados, e quando finalmente o encontrou mostrou que estava bem zangado (e talvez até um pouco preocupado, pois gostava muito do filho, claro, e ficou assustado quando não conseguiu descobrir onde ele estava).

A verdade é que o pai nunca tinha conseguido que aquele momento fosse divertido ou tranquilo. Aliás, quando a mãe começava a dizer que estava na hora do banho, até o próprio pai adiava aquele momento, dizendo que ainda tinha umas coisas para fazer. Um dia, quando estava mais calmo, Francisco procurou explicar ao pai que tomar banho não valia mesmo a pena. Além de não gostar, era um desperdício de tempo. Molhava-se e depois secava-se, o que não fazia nenhum sentido. Seu pai disse-lhe o mesmo de sempre: que assim ficaria mais limpo e que era importante andar limpo. Francisco olhou-se de cima a baixo e exclamou:

– Mas eu estou limpo, passei o dia todo dentro de casa, como poderia me sujar?

A conversa acabou com o pai o pegando pelo braço e colocando-o à força dentro da água. Francisco não gostou nem um pouco daquilo e chorou muito. O pai estava mesmo desesperado!

Você é brilhante!

    Um dia, no trabalho, o pai participou de um curso sobre comunicação e criatividade, no qual lhe ensinaram a prestar muita atenção aos objetivos que tinha e a descobrir formas imaginativas de os alcançar. Quando o apresentador do curso lhe perguntou qual era o seu maior objetivo, ele respondeu rapidamente:
    – Fazer o meu filho entender que é importante tomar banho, pelo menos de vez em quando!
    Os colegas riram muito e acabaram todos tendo uma discussão muito animada sobre o assunto. E, juntos, criaram um plano criativo para o pai de Francisco seguir.
    A partir daquele dia, o pai deixou de pedir ao filho que tomasse banho. E deixou ele próprio de tomar banho! Os dias foram passando e Francisco começou a sentir-se diferente quando estava perto do pai. Não sabia bem o porquê, mas havia algo que o incomodava. Acabou dizendo à mãe que havia alguma coisa esquisita com o pai, algo diferente. A mãe, que estava envolvida no plano, disse-lhe:
    – Pois é, também reparei nisso. Seu pai anda com um cheiro meio esquisito, acho que é porque não toma banho.
    O menino ficou pensando naquilo: afinal, tomar banho era também um pouco por causa dos outros! *Quando estamos limpos, os outros sentem-se um pouco melhor ao nosso lado*, pensou. E, nesse mesmo dia, propôs ao pai, no fim da tarde:
    – Pai, e se nós dois tomássemos banho agora? Acho que a mamãe ia agradecer. E o meu nariz, também!

✦ ✦ ✦

PARA REFLETIR

- Por que você imagina que Francisco começou a achar que tomar banho de vez em quando era uma boa ideia?

- Há alguma coisa que lhe pedem para fazer e você acha que não faz sentido? Por que você acha que lhe pedem para fazer isso?

- O que você acha que acontece se ficamos sem tomar banho durante muito tempo?

- Que outras ideias o pai poderia ter tido para conseguir que o filho tomasse banho?

- Sabe aquela coisa que você tem pedido há muito tempo? Como acha que poderia pedir de uma forma mais criativa, para que faça mais sentido para a pessoa a quem você pede?

JOÃO

O MENINO QUE SÓ QUERIA JOGAR

Desde que os pais lhe haviam dado um videogame, João dedicava quase todo o seu tempo em casa ao jogo. Gostava de experimentar vários jogos, mas havia um que era o seu favorito. Ainda por cima, era aquele que os amigos também mais jogavam, e muitas vezes jogavam juntos *online*. Podia passar horas e horas seguidas nisso. Às vezes até se esquecia de comer por ficar muito absorvido pelo jogo. Nos raros momentos em que fazia um intervalo, quase sempre porque os pais ficavam zangados por ele jogar por horas a fio, acabava vendo vídeos na internet. Vídeos que mostravam técnicas ou coisas engraçadas que aconteciam nos jogos. Também via alguns vídeos que discutiam as atualizações de jogos, e, quando falava com os amigos, nos intervalos das aulas, conversavam sobre os vídeos que viam, sobre as jogadas que tinham conseguido fazer ou o nível que tinham alcançado.

Os pais é que não andavam nada satisfeitos com o interesse exagerado de João pelo jogo. É que parecia que nada mais lhe importava. Escapava, sempre que podia, das refeições em família, raramente brincava com os irmãos e usava quase todo o dinheiro que recebia das mesadas para comprar coisas ligadas ao jogo. Coisas que os pais nem entendiam muito bem para que serviam e achavam que isso era um completo desperdício de dinheiro. Já tinham ameaçado várias vezes de lhe tirar o videogame, às vezes reduziam o tempo disponível para usar a internet e raramente havia um dia em que não lhe dissessem para sair do quarto e fazer alguma coisa de interessante. Só que o que ele achava interessante era mesmo jogar!

João descobriu que ia haver um grande torneio do seu jogo preferido numa cidade próxima. Vinham jogadores conhecidos de outros países e havia prêmios muito bons para os melhores na competição. Claro que aquilo era só para profissionais, o que João sonhava um dia ser, mas podia visitar a feira, assistir aos jogos e, quem sabe, conseguir até falar com algum jogador e pedir autógrafos. O menino insistiu muito com o pai até conseguir que ele prometesse que o levaria ao torneio. Mesmo que, para conseguir isso, tivesse de prometer que, durante uma semana, jogaria um pouco menos. Foi um grande sacrifício, mas valeria a pena, pensou ele.

Quando chegou ao pavilhão onde ia ocorrer o torneio, ficou maravilhado com todos os estandes de produtores de jogos e de equipamento. E, sobretudo, com o grande palco, repleto de telas e de estruturas fantásticas, onde seriam realizadas as partidas. Enquanto não começava a competição, andou com o pai visitando a feira. Desejava comprar tudo, mas sabia que já gastara a sua mesada e não queria pedir mais nada a seu pai, pois ele já pagara os ingressos. Estava meio distraído olhando para um computador cheio de luzes, próprio para jogos, quando se sentou, numa cadeira quase à sua frente, um jogador famoso. O menino nem queria acreditar na sua sorte. O jogador ia começar a dar autógrafos aos fãs e ninguém ainda se havia dado conta. Ele podia ser o primeiro, e rapidamente aproveitou a oportunidade para falar com o seu ídolo.

– Olá! Nem acredito que é mesmo você!

– Ah, claro que sou eu. Segue o meu canal, é?

– Sim, vejo todos os vídeos. Um dia quero jogar como você!

– Vai ter de treinar muito, sabia?

– Claro que sei. Jogo por muitas horas. Os meus pais é que não ficam satisfeitos.

– Jogar por muitas horas nem sempre é uma boa forma de se tornar melhor jogador.

– Acho que não entendi.

– O que nos ajuda a ser melhor jogador é jogar com toda a concentração durante certo tempo. Por exemplo, eu nunca jogo por mais de duas horas ao dia.

– Sério? Não acredito! Como é que isso é possível?

– Durante essas duas horas, fico muito concentrado e defino objetivos. São coisas que quero melhorar, e esforço-me para prestar atenção a esses detalhes. Ponho um alarme e, quando toca, paro de jogar. Assim o meu cérebro pode descansar e no dia seguinte volto aos treinos.

— Os meus pais iriam gostar se eu fizesse assim. Mas é que, quando estou jogando, também converso com os meus amigos, divertimo-nos muito. E, se parar de jogar, sinto que vou perder alguma coisa.

— Certo, só que assim também perde outras coisas, não é? Como atividades em família, os trabalhos da escola, a prática de esportes. Essas coisas também são muito importantes. É possível que se torne melhor jogador se também fizer tudo isso.

— Tem certeza de que o meu pai não lhe pagou para me dizer isso?

— Ah, claro que não. É de fato o que eu acho. Os jogos são desenhados para nós querermos jogar mais e mais. Parece que nada mais importa. É por isso que é tão bom limitar o tempo que jogamos e aproveitar ao máximo. Se não fosse isso, estaria ali jogando por jogar e nunca me tornaria tão bom.

— Acho que vou experimentar fazer isso e ver como me saio.

— Envie-me uma mensagem lá pelo canal e conte tudo. Até posso depois fazer um vídeo com você para incentivar outros jogadores a serem mais responsáveis na forma como jogam.

— Sério? Agora é que vou mesmo experimentar!

PARA REFLETIR

- O que acha sobre o fato de João jogar por tantas horas?

- Por que os pais desejavam que o filho jogasse por menos tempo?

- Será que, quando queremos ser muito bons em fazer uma coisa, não seria melhor fazê-la só durante algum tempo?

- O que acha que os pais poderiam ter feito para ajudar o menino a jogar por menos tempo?

- Há alguma coisa que os seus pais ou alguém próximo façam que você também considera um vício, como os jogos são para João?

OLÍVIA

A MENINA QUE NÃO CONSEGUIA SURFAR

Sentada na areia, olhava com admiração para os meninos – um pouco mais velhos que ela – que se divertiam naquele exato momento com as ondas do mar. Estava fascinada com a forma como conseguiam surfar, remando com os braços até a posição ideal para poderem aproveitar a força das ondas e, colocando-se rapidamente de pé em cima da prancha, fazerem manobras impressionantes. Como gostaria de conseguir fazer o mesmo. Só que não conseguia. Já tentara uma vez e tinha sido um fiasco. E isso a deixava muito triste. Por que não podia ser como aqueles garotos?

Deixou cair o olhar sobre a areia, depois ficou contemplando demoradamente os próprios pés. Deixou cair os ombros e sentiu uma lágrima formar-se. Estava mesmo triste e sentia-se inferior aos outros. Não era a primeira vez que se sentia assim, pois às vezes, na escola, acontecia o mesmo. Quando os colegas de turma eram mais rápidos que ela em responder às perguntas dos professores ou quando recebiam melhores notas nas provas.

Nesses momentos, sentia-se muito só e nem lhe dava prazer brincar durante os intervalos. Só tinha vontade de se afastar, pois sentia que não pertencia ao grupo, que era inferior aos outros. Era mesmo isso, sentia-se inferior aos outros – não havia outra forma de explicar.

Quando, finalmente, levantou o olhar, percebeu, com surpresa, que uma das meninas mais velhas que tinha visto na água estava agora sentada muito próximo dela. Pousara a prancha ali perto e tinha desapertado o fecho da roupa. Parecia estar cansada e mostrava um grande sorriso no rosto. Certamente estava feliz com as manobras que havia feito; Olívia as apreciara da areia. Era incrível como conseguia se equilibrar em cima da prancha. Ao fim de alguns segundos de silêncio, a garota mais velha puxou conversa:

– Olá! Reparei em você, que olhava atentamente o que fazíamos na água. Gosta de surfe?

– Olá! Gosto, mas... parece tão difícil, e eu não consigo...

– Não consegue? Por que acha isso?

– Porque tentei uma vez e foi um fiasco. Não consegui fazer nada. Gostaria muito, mas não levo jeito.

– Devia ter visto a primeira vez que tentei, só ria com a quantidade de água que bebi. E nem uma vez sequer consegui ficar em cima da prancha. Devia ter a sua idade.

– Sério? Mas você surfa tão bem!

– Isso é porque treinei muito. O jeito se adquire com treino. E, de início, não há uma receita, o jeito é ir caindo muitas vezes.

Faz parte do aprendizado de uma coisa nova: não conseguir e continuar insistindo até conseguir. A sensação de finalmente conseguir pegar uma onda é incrível! Olha, se vier aqui na próxima semana, podemos entrar na água juntas. Posso lhe ensinar!

– Tenho de perguntar aos meus pais, não sei se eles podem me trazer. Vou ver. Acho que não levo mesmo jeito, mas...

– Pense nisso e apareça. Vai ser divertido. O máximo que pode acontecer é o mesmo que se deu comigo: cansar de engolir água salgada!

– Obrigada. Se for possível, eu virei!

A menina se afastou, com a prancha debaixo do braço. Olívia ficou olhando, ainda meio espantada por ela ter lhe dado atenção. Devia ser, seguramente, a melhor surfista ali da praia. Só não sabia se podia acreditar que, no início, ela também não levava jeito, não era possível. Provavelmente, era só uma coisa que a garota lhe dissera para que não se sentisse mal.

A caminho de casa, contou aos pais tudo sobre aquele encontro. Eles a incentivaram a aproveitar aquela proposta e prometeram-lhe que a levariam novamente à praia na semana seguinte. Isso a deixou feliz e, ao mesmo tempo, bastante nervosa. Já podia imaginar como seria novamente um fiasco e como a menina surfista ia se arrepender de ter-se oferecido para a ajudar. Nessa mesma noite decidiu contar à mãe como se sentia.

– Mãe, acho que eu não levo mesmo jeito. Aliás, não levo jeito para quase nada.

– Hum, estou curiosa. Fale-me mais sobre isso.

– Então, não levo jeito para quase nada. É uma vergonha!
– Vergonha?
– Você não acha que é uma vergonha não conseguir fazer as coisas direito?
– Vergonha? Claro que não. Sabe, aquilo que conseguimos ou não fazer não diz nada sobre nós. Somos muito mais que isso. Se não conseguimos fazer alguma coisa, por mais que desejamos, paciência. É só isso!
– Não sei se estou entendendo, mãe.
– Olha, por exemplo, você já reparou na falta de jeito do seu pai para arrumar as coisas que se estragam aqui em casa? Ou na minha falta de jeito para fazer pratos mais elaborados? E você gosta menos de nós por causa disso?
– Acho que nunca tinha pensado nisso assim. Mas acho que o papai também não leva jeito para isso porque nem sequer tenta. E você também não se esforça tanto para fazer outros pratos porque prefere que ele cozinhe.
– Exato. Acho que você está entendendo mais uma coisa. É que o jeito é adquirido com treino, com a repetição. Por isso a menina do surfe lhe disse que no início não conseguia sequer ficar em cima da prancha. Ela deve ter treinado muitíssimo!
– No sábado, vou surfar e aproveitar a ajuda dela. Se não der muito certo, é porque preciso ir mais vezes. E, mesmo que seja péssima surfista, continuo sendo quem sou!

PARA REFLETIR

- Afinal, você acha que Olívia conseguiu ou não praticar surfe?

- Por que dizemos que não conseguimos fazer alguma coisa para a qual ainda não treinamos?

- Há coisas que você gostaria de fazer e acha que não consegue?

- Isso também acontece com coisas da escola que você imagina não conseguir fazer?

- Você conhece alguém que diz não conseguir fazer algo que queria? O que essa pessoa poderia aprender com a menina desta história? Pode perguntar aos seus pais, irmãos ou a alguém que lhe seja próximo.

NOTAS PARA PAIS E EDUCADORES

Sugerimos que, alguns dias depois de contar cada história, converse com a criança sobre as mensagens que dela extraiu, usando uma linguagem adequada à idade e sempre com o cuidado de deixar a criança tirar as suas próprias conclusões, sem impor determinada moral. Além das perguntas no fim de cada história, que ajudam na interpretação e no processo de identificação, nas páginas seguintes revelamos um pouco mais sobre o desafio que cada história pretende ilustrar.

MARIANA, A MENINA QUE SABIA FAZER MÁGICA

Um dos motivos que levam muitas crianças a ter dificuldade em lidar com o risco de fazer coisas novas ou de mostrar aquilo que sabem fazer é o medo de não se sentirem com valor suficiente perante os outros. Esse medo vem da ideia de que o nosso valor depende daquilo que conseguimos fazer. Uma confusão, portanto, entre autoconfiança (confiança que tenho na minha capacidade de desempenhar determinado comportamento) e autoestima (relação comigo mesmo).

Quando a criança consegue compreender que o seu valor não depende das suas habilidades, da sua aparência ou dos seus resultados, relaxa e adquire uma autoestima mais saudável.

Os adultos são, quase sempre, quem incute na criança essa ideia de que o valor dela depende das notas na escola, das tarefas que realiza em casa, da forma como se veste e se apresenta perante os outros ou do modo como cumpre as convenções sociais.

Como a nossa pequena mágica bem entendeu nesta história, as suas habilidades são só isso mesmo: habilidades. O seu valor próprio é independente da maneira como consegue ou não executar um truque. Assim, fica relaxada e usufrui mais da experiência!

TIAGO, O MENINO QUE TINHA MEDO DO ESCURO

Os medos surgem por muitos motivos diferentes – algumas vezes altamente lógicos, outras nem tanto. Quando estão presentes, podem ser explorados de formas muito diversas. O mais importante, inicialmente, é reconhecer a presença desse estado – sem o minimizar nem o transformar num bicho de sete cabeças.

Um dos modos de explorar o medo é procurar entender, de maneira bastante específica, qual é o seu gatilho – porque muitas vezes este tem uma representação interna bastante abstrata (como, nesta história, "o escuro"). Ao questionarmos o que gera, especificamente, a reação de medo, podemos – com frequência – descobrir que o medo não se justifica. Por exemplo, quando se pergunta a alguém com fobia de aranhas qual é o medo específico em relação à aranha, observamos uma confusão momentânea. Esse é o momento para sugerir uma nova relação emocional com o objeto. Neste caso, Tiago decidiu que, em vez de medo, iria sentir conforto associado à experiência que estava tendo ao adormecer ao lado da irmã, de quem tanto gostava.

NOAH, O MENINO QUE QUERIA MARCAR UM GOL

Há certos resultados que gostaríamos de alcançar que dependem de mantermos o foco no processo que pode nos levar a atingi-lo – a repetição, o estudo, o treino ou a simulação são importantes para ganharmos competência no desempenho de certas tarefas. Só que pode ser muito frustrante não atingir imediatamente os resultados que desejamos, ainda mais quando pode levar meses ou anos até os alcançarmos. Nessas situações, é determinante colocar a atenção na tarefa em si, não no resultado imediato, cultivar o gosto por aquilo que se faz, visualizar os resultados futuros e a satisfação que podem trazer.

Quando a gratificação não é imediata, pode tornar-se muito difícil manter a determinação, mas há certos resultados que, por sua natureza, só se alcançam com processos longos. Aprender sobre isso, sem exageros nem obsessões, pode ser muito importante para o desenvolvimento da criança.

CAROLINA, A MENINA QUE FEZ UM BOLO TORTO

Muitas vezes as crianças associam o seu valor à capacidade de executar tarefas escolares, esportivas e outras com perfeição. Talvez porque tenham ficado muito condicionadas pelos elogios que ouviram quando fizeram as coisas com perfeição e pelas dicas que receberam quando as tarefas não foram executadas da mesma forma.

Torna-se muito importante, nesses casos, ajudar a quebrar a relação entre valor próprio e qualidade da execução das tarefas. É muito mais interessante, do ponto de vista do desenvolvimento pessoal, criar associações entre empenho e dedicação a uma tarefa e sensações de bem-estar e satisfação pelo empenho em si, não pelo resultado. Isso pode parecer contraproducente para quem gostaria, naturalmente, de fazer com que as crianças aprendam a fazer bem as coisas que são importantes. Mas é exatamente na criação de leveza em relação ao desempenho e ao resultado final que nasce o gosto pela repetição da tarefa. E é na repetição da tarefa que surge o desenvolvimento da competência.

Muitas crianças desistem de fazer certas coisas por concluírem rapidamente que não as sabem fazer ou porque são assoberbadas por sentimentos de insuficiência por não conseguirem realizar sempre bem as tarefas a que se dedicam. Vale o esforço para ajudar a quebrar esses mecanismos, do contrário serão muito dolorosos de vivenciar ao longo da vida adulta!

IMANI, A MENINA QUE NÃO QUERIA SER MAGRA

A opinião dos outros sobre nós, nossa aparência e nosso comportamento pode ser muito relevante, ou não seríamos seres sociais que procuram incluir-se no grupo. Só que isso também pode se tornar uma influência dolorosa, que gera sensações de inadequação e insuficiência.

É importante ajudar as crianças a entender que, por um lado, podem valorizar a opinião dos outros e, por outro, podem aceitar e desenvolver a sua própria identidade de acordo com aquilo que está internamente mais alinhado.

Essa exploração pode ser difícil e confusa, daí a importância de conversas tranquilas em que se discute a opinião dos outros e o que isso realmente quer dizer sobre nós, assim como acerca da nossa opinião sobre nós e as nossas coisas.

PEDRO, O MENINO QUE SE SENTIA CULPADO

A nossa experiência de vida é, naturalmente, autocentrada, ou seja, observamos e pensamos o mundo de acordo com nosso sistema. Nem sempre é fácil termos a capacidade de entender que nem tudo o que acontece à nossa volta é por nossa causa ou está relacionado conosco. Ora, isto é ainda mais difícil para uma criança, principalmente se ela tiver ouvido muitas vezes expressões como "você me deixou triste", "você está me irritando", "é por sua causa que tenho de trabalhar muito", "a minha vida seria mais fácil sem filhos" e outras que implicam uma relação de causa/efeito entre o comportamento (ou a simples existência) das crianças e as experiências emocionais dos adultos.

Nesse sentido, uma criança pode assumir como real o fato de os pais ou outros familiares se sentirem e se comportarem de determinada forma por causa da criança e daquilo que ela faz ou não faz. Além de injusto, é ilusório, pois cada um de nós tem experiências emocionais não por causa dos outros, mas sim pela forma como damos significados e interagimos com os outros. Por não entender isso, a criança pode chegar ao extremo de acreditar que até as relações entre adultos podem estar sendo determinadas por ela própria, e carregar essa culpa.

MARIA, A MENINA QUE NÃO SABIA CONTAR HISTÓRIAS

As crianças têm, muitas vezes, dúvidas acerca das suas capacidades. O mais comum é dar-lhes comandos ou incentivos, como "você consegue", "isso é fácil", "vá em frente que dará tudo certo". Embora esses comentários sejam geralmente positivos, podem tornar-se contraproducentes, se a criança não se sentir confiante na sua capacidade de fazer algo. Além de não conseguir, ainda percebe que, aos olhos dos adultos que a aconselham, deveria atingir o objetivo, até porque "é fácil".

A estratégia contida nesta história é bem diferente. A mãe da menina procura isolar um momento preciso em que a criança faz aquilo que diz não conseguir fazer. É a chamada contraexemplificação, técnica muito utilizada na quebra de crenças limitadoras.

IGOR, O MENINO QUE ERA RIDICULARIZADO POR TODOS

As relações entre crianças na escola, na vizinhança ou em atividades nem sempre é fácil. Por vários motivos, algumas crianças acabam em situações de fragilidade e podem tornar-se alvo do grupo. Isso conduz a sensações de insuficiência e isolamento que podem ser muito difíceis de verbalizar e explicar.

É muito importante que os adultos detectem essas situações para poderem ajudar. Para isso é fundamental criar canais de comunicação seguros, em que a criança sinta que pode partilhar a sua experiência sem ser pressionada a resolver o assunto ("tem de se defender", faça-lhes o mesmo") e sem sentir medo de que a situação piore para si por causa daquilo que pais e professores possam fazer (muitas vezes, a criança acha que a intervenção do adulto só vai tornar tudo mais difícil e que o comportamento das outras crianças será mais destrutivo como decorrência dessa intervenção).

É preciso conversar muito abertamente sobre as experiências que a criança tem quando está sozinha com outras crianças e mostrar curiosidade sobre as relações, num ambiente seguro de não julgamento. E, claro, poder fazer isso sem que a criança sinta que está sendo interrogada! É ainda decisivo conseguir criar empatia, reconhecendo a experiência emocional da criança, como o primo tão bem fez na história.

ANNA, A MENINA QUE TINHA MUITO AZAR

As coisas têm o significado que lhes damos. Compreender isso permite à criança começar a relacionar-se de uma forma mais rápida com aquilo que acha sobre a sua vida e respectivos acontecimentos. No fundo, começa a entender a realidade subjetiva das coisas e a perceber que, por causa do significado que lhes atribui, assim serão as emoções com que lidará. A capacidade de ressignificar, ou seja, atribuir um novo significado positivo a eventos inicialmente vistos como negativos, é uma competência que pode ser treinada desde que a criança é bem nova e que constituirá uma ferramenta fundamental na vida adulta.

FRANCISCO, O MENINO QUE NÃO GOSTAVA DE TOMAR BANHO

Quando queremos que as crianças passem a adotar determinado hábito, nem sempre conseguimos que o comportamento seja tido como agradável e lógico por parte dos mais novos.

Se insistirmos na linha de argumentação, os resultados tenderão a ser os mesmos. No entanto, é isto que fazem muitos pais em relação a questões como fazer as refeições juntos à mesa, tomar banho, fazer os trabalhos de casa, participar de determinada tarefa doméstica, etc.

As crianças tendem a reagir muito mais rapidamente a estímulos sensoriais do que à suposta argumentação lógica. É por isso que, muitas vezes, é a capacidade criativa dos pais na hora de comunicar que realmente altera os resultados. Mais que mudar aquilo que as crianças fazem, a questão mais importante é se o adulto está disposto a alterar a forma como comunica aquilo que deseja. Nesta história, o pai conseguiu demonstrar (mais do que falar sobre isso) os benefícios de tomar um banho de vez em quando...

JOÃO, O MENINO QUE SÓ QUERIA JOGAR

Quando uma atividade satisfaz todas as nossas necessidades psicológicas, é normal querermos repeti-la muitas vezes. Os jogos *online* permitem sentir muita segurança e vontade de aprender a dominar o jogo, muita novidade e experiências intensas, conexão e desenvolvimento de amizades, competitividade e emoção da vitória.

Claro que, como são jogados num ambiente virtual e durante muitas horas, retiram tempo de outros tipos de atividade que desenvolvem mais os aspectos físicos e alguns aspectos cognitivos, motivo pelo qual podemos começar uma "luta" para fazer com que o tempo dedicado a esses jogos diminua, abrindo espaço para outras experiências, incluindo aquelas que se realizam em família. Nesses momentos, é importante entender que criticar quem adora jogar pode não ser a melhor estratégia!

    Mostrar curiosidade pelos jogos, eventualmente até jogar um pouco com as crianças e aceitar que são formas excelentes de satisfazer necessidades são bons pontos de partida para, dentro de uma relação, apresentar sugestões e alternativas. Até para poder mostrar que, ainda que o objetivo seja dominar o jogo, jogar por muitas horas nem sempre é a melhor estratégia para o conseguir!

OLÍVIA, A MENINA QUE NÃO CONSEGUIA SURFAR

Temos, por vezes, expectativas muito desajustadas sobre o processo de aprendizagem, esquecendo que o mais provável é não conseguirmos desempenhar bem as tarefas nas primeiras vezes que tentamos. O ideal é iniciarmos o processo de aprendizagem apenas com a tentativa em mente e, mais tarde, começarmos a integrar aquilo que vamos aprendendo até podermos ter como objetivo o desempenho eficaz da tarefa. Como educadores, temos um papel fundamental nesse processo, podendo ajudar as crianças a cultivar a curiosidade e o prazer da experimentação, em vez de incentivá-las a colocar imediatamente o foco no conseguir ou não conseguir. Até porque, se o objetivo inicial for a tentativa, vamos sempre conseguir!